Élisa

Jacques Chauviré

Élisa

Lettres sur Cour
Le temps qu'il fait

© Le temps qu'il fait, 2003.
ISBN 2.86853.386.8

À Gilles Ortlieb

Élisa arriva par un matin du début d'automne. J'avais cinq ans. À la cuisine, accoudé à l'appui de la fenêtre je la vis apparaître dans le jardin. Elle montait la petite allée qui suivait le bord du ruisseau. Mon père était mort à la guerre. Nos grands-parents nous avaient recueillis, maman, mon frère et moi. Tout autour de la maison s'étendait la campagne. Le hameau abritait le logis et la cour de M. Langlois, le maçon, et la ferme de M. Deleau.

– Tiens, dit maman qui se trouvait derrière moi, nous ne l'attendions que dans l'après-midi. Elle est venue par la route, le chemin aurait été plus court par les bords de l'étang.

Elle était vêtue d'une blouse noire et portait un maigre bagage. Elle approcha, passa sous les branches basses du châtaignier de la terrasse. Maman ouvrit la porte du hall.

Maman lui dit :

– Bonjour, jeune fille.

Puis elle se reprit :

– Bonjour Élisa.

Et de s'enquérir aussitôt de ses parents :

– Comment vont-ils ? Et vos frères, Julien et Joannès ?

Elle répondit en souriant que son père était fatigué et ne pouvait plus travailler au «chemin de fer». Il s'occupait seulement du jardin. Quant à sa mère elle assurait toujours la garde du passage à niveau du petit train qui unissait Lyon à Jassans.

Je connaissais un peu Joannès. Il était plus grand que moi. Il avait au moins dix ans. Assisté de sa chienne Follette il surveillait ses quelques moutons qui broutaient près de la voie ferrée. De temps en temps, pour se distraire de sa solitude, il entonnait au clairon quelque air qui se voulait guerrier.

En 1920, dans la campagne française, tout enfant était encore quelque peu militaire.

Ainsi songeais-je un instant au frère d'Élisa alors qu'elle se trouvait encore dans le hall auprès de maman. Plutôt méfiant, distant, en apparence indifférent, j'examinais avec attention cette jeune personne qui allait bientôt entrer dans le quotidien de ma vie.

Quel âge pouvait-elle avoir ? Il m'était difficile de répondre à cette question. Il me semblait que maman avait dit « dix-huit ans ».

Je la regardais avec intensité. Son nez court était mignon, ses lèvres belles et ses yeux admirables dans leur regard étrange entre le bleu et le vert. Elle avait vivement relevé du haut de son front ses cheveux noirs pour les rassembler en un chignon sur sa nuque.

Sa blouse était boutonnée jusqu'au bas. Je remarquai à des riens, à quelques sourires, que je ne paraissais pas lui être lointain quand, peut-être pour se donner une contenance ou s'assurer de mon amitié, elle prit ma main.

C'est alors que j'entendis grand-mère descendre l'escalier. Aussitôt sa main m'abandonna. On m'invita à m'éloigner dans le jardin. J'entendis encore ma grand-mère dire :

– Vous ne serez pas seule. Nous avons déjà une bonne. Elle s'appelle Marguerite. La pauvre fille vient du Limousin. Elle ne trouve pas de travail là-bas. Son fiancé a été tué à la guerre.

Dans l'instant je ne sus rien des ordres ou conseils que grand-mère avait l'intention de donner à Élisa. Elle avait coutume de répéter que « lever à six, coucher à dix font vivre dix fois dix ». Je n'étais pas encore assuré que le compte final permît d'atteindre cent ans. J'estimais toutefois que, dans ces délais, il resterait peu de temps pour le repos, le sommeil et le jeu. Je comprenais que les tâches qui seraient confiées à Élisa ne seraient pas différentes de celles que je voyais accomplir à Marguerite et à grand-mère, encore très ardente dans les soins du ménage. Une femme d'ordre.

Vers la fin de la matinée le ciel se couvrit et une pluie fine commença à tomber sur le jardin. À la fois curieux et inoccupé je traînais dans la maison. Élisa essuyait les meubles de la salle à manger. J'aurais aimé savoir qui elle était et qui elle allait être. Je demeurais encore sur mes gardes en observateur discret. Il ne semblait pas qu'elle prêtât attention à ma présence insistante bien que ponctuée d'allers-retours.

En raison de la fraîcheur et de l'humidité grand-mère voulut qu'on allumât du feu dans la cheminée de la salle à manger qui était aussi salle de séjour.

– Veux-tu m'accompagner, me dit Élisa. Allons ensemble chercher des bûches dans le hangar.

Elle me parut gaie et déterminée et aussitôt elle me prit la main avec une sorte de joyeux empressement qui m'étonna quelque peu mais me flatta tout de même. Nous revînmes à la maison en courant sous la pluie, les bras chargés.

Nous allons faire une belle flambée, me dit-elle avec entrain.

Il me sembla entendre le mot « flambée » pour la première fois. Il était possible que maman ou grand-mère l'aient employé mais il n'avait pas eu une flamme aussi vive qu'entre les lèvres d'Élisa.

Nous nous accroupîmes l'un près de l'autre devant le foyer. Je regardai Élisa y préparer le feu tout en m'adressant quelques conseils sur la façon dont il convenait de disposer les bûches sur le menu bois. Ses mains me parurent alertes et fines et j'étais sensible à la proximité de son corps à côté du mien. Pas très près, pas très loin. Les bûches commencèrent à frémir et les flammes naissantes à danser, bleues, vertes, feu. Nous nous relevâmes et nous nous regardâmes en souriant.

Grand-mère venait d'entrer avec sa rigueur et son éternel souci.

– Que faites-vous là, ma fille, à contempler les flammes ? Ne perdez pas votre temps.

Dans le début de l'après-midi je ne vis pas Élisa. Elle avait servi le déjeuner à table en tablier blanc sur sa blouse noire et je l'avais trouvée vraiment très belle bien qu'elle ne parût pas très à l'aise. Mais cette pensée qui m'effleura ne fit qu'accroître le sentiment favorable que je commençais à éprouver pour sa personne. Je comprenais combien ce qu'on lui demandait était neuf pour elle et combien elle pouvait être gênée de la condition qui lui était impartie.

À l'heure du goûter, je fis une incursion dans la cuisine. Marguerite était assise devant la fenêtre et, suivant son habitude, reprisait. Elle aussi portait une blouse noire. Je la craignais un peu parce que son humeur était sombre. Je lui demandai où était Élisa. Elle me dit qu'elle était occupée à ranger ses affaires dans le placard de leur chambre.

J'appris que sur le soir elle devrait aller chercher de l'eau au puits de la gare qui, seul dans le hameau, offrait de l'eau potable. Il me vint à l'esprit que je pourrais peut-être l'y accompagner.

Lorsque, un peu déçu de n'avoir pas rencontré Élisa, je revins à la salle à manger, j'y trouvai grand-mère tricotant auprès du feu et maman écrivant une lettre à l'encre violette sur une feuille bordée de noir. Son deuil ne cessait pas.

Elle écrivait ainsi presque chaque jour sa peine, son désarroi à ses belles-sœurs ou à ses cousines.

Lorsqu'elle sortait parfois pour se rendre à Lyon pour toucher sa modeste pension de veuve de guerre, elle se coiffait d'un chapeau dont le long voile de crêpe descendait sur ses épaules. Comme elle était forte et souffrait d'une arthrose de la hanche elle marchait sans aisance et même avec quelque difficulté. Elle n'avait pourtant que quarante ans.

Je souffrais de ce deuil. Mécontent mais soumis.

C'est maman qui demanda à Élisa de m'emmener avec elle à la gare pour y puiser de l'eau. Elle lui dit que ma présence serait pour elle une compagnie qui l'aiderait à entrer plus facilement dans les habitudes de la famille.

Par bonheur il ne pleuvait plus. Nous partîmes ensemble. Élisa avait une cruche à la main et, de l'autre, avait pris l'une des miennes. La sienne était fine et sèche et il me semblait que mes doigts en percevaient les os. Nous passâmes ainsi devant la maison de Mme Bernard et de son fils, Cyprien, qui était notre jardinier, puis devant celle du maçon et devant la cour de M. Deleau, le paysan.

À la gare, nous rencontrâmes la gardienne des lieux et distributrice de billets aux rares voyageurs. Celle-ci se permit quelques remarques désobligeantes sur mon aspect. J'en étais attristé.

– Peut-être, fit Élisa, mais c'est mon petit bonhomme. Il sera aussi mon compagnon.

Voilà qui remettait les choses à leur place.

Nous reprîmes la route. Des cenelles rouges étaient aux haies. De timides parfums de vendange issus de coteaux proches parvenaient jusqu'à nous par une bise humide.

Élisa s'était mise à chanter un air de l'après-guerre :

– « Après quatre ans d'espérance

Tous les peuples alliés… »

Au rythme de cette chanson, et sans quitter la main d'Élisa, je sautillai d'un pied sur l'autre à son côté. Les deux grandes filles de M. Langlois nous regardèrent passer, étonnées.

Je partageais la nuit le lit de maman. Pendant la guerre et les premières années qui la suivirent, seules deux chambres étaient quelque peu chauffées par des feux de tourbe qui se consumaient avec lenteur. En fait, durant les hivers, toute la maison était plongée dans la froidure. C'est ainsi que depuis ma toute petite enfance, je dormais auprès de ma mère. Souvent le soir avant de s'endormir elle lisait des livres tristes : *Les Croix de Bois*, *La Vie des Martyrs* ou bien *Nène* d'Ernest Pérochon.

Comme maman était très forte, la pente du lit m'entraînait contre son corps. Elle m'avait allaité, disait-on, très longtemps. Depuis lors j'avais pris et gardé l'habitude de lui caresser ou mieux de lui pétrir un sein pour trouver le sommeil. Indifférente, elle ne semblait y voir aucun inconvénient. En somme, son sein n'était qu'un objet semblable à un « nounours » ou une poupée sans lesquels certains enfants ne peuvent s'endormir.

Souvent, au cours des jours, maman disait volontiers à quiconque, lorsque la conversation en venait à ma mince personne, que je n'avais jamais connu mon père et que lui-même ne m'avait jamais vu.

Pour que maman le rappelât ainsi il fallait bien que ce fût grave. Et toujours cette évocation entraînait ses larmes. J'en étais affecté, surtout le soir lorsque je parvenais au bord du sommeil. Mais, en cette nuit de l'arrivée d'Élisa, la traversée fut assez calme bien que l'obscurité du jardin fût peuplée longuement de cris de chouettes.

Au matin, maman se félicitant de la venue d'Élisa, dit :

– Elle est bien cette petite. Elle est jolie, bien faite et a une belle poitrine. Il lui faudrait des souliers plutôt que des sabots mais je sais bien que pour la campagne... Enfin, elle a tout de même des kroumirs.

Maman m'aida à m'habiller et, quelques instants, plus tard, quand j'arrivai à la cuisine pour y prendre mon petit déjeuner, j'aperçus Cyprien causant avec Élisa sous le châtaignier de la terrasse. Il ramassait les bogues tombées sur le sol. Parfois Cyprien ne dédaignait pas ma compagnie. Il me chargeait sur ses épaules ou sur sa tête. Il me disait alors : « Je te prends à bonnet rouge ». Il devait être un jeune républicain. Alors, mon derrière reposant sur le sommet de son crâne et ses deux mains élevées jusqu'aux miennes, il me promenait dans le jardin.

Que pouvaient se dire Cyprien et Élisa qui, par voisinage, se connaissaient depuis long-temps ? Tous deux riaient. Cyprien causait, un pied posé sur la brouette. J'aurais préféré qu'Élisa s'occupât de mon petit déjeuner. Ils se turent lorsque je les rejoignis et se séparèrent.

Quelques jours plus tard je m'enhardis jusqu'à accompagner Marguerite et Élisa lorsqu'elles montèrent dans les chambres pour faire les lits.

Ce fut une fête. Très vite, après quelques agaceries que j'osai, malgré la présence de Marguerite, Élisa retrouva pour quelques instants son enfance et devint participante à mes jeux. Nous nous poursuivîmes autour des lits. Marguerite s'écriait que nous étions devenus fous et qu'elle devrait tout remettre en ordre après notre passage.

Je déguerpis en entendant la voix de ma grand-mère, alertée par le bruit.

– Que faites-vous là haut !

Il y avait toujours beaucoup de femmes autour de moi à la maison : maman, grand-mère, Marguerite, une cousine âgée de mes grands-parents, surnommée « la Coucou ». Toutes, sauf grand-mère, m'étaient favorables. Et maintenant, en plus, il y avait Élisa que je ne quittais guère.

Elle eut, un soir, comme je montais me coucher, la faiblesse de m'embrasser. Je ne fus qu'à peine étonné. Dans les jours qui suivirent il m'arriva d'aller quêter auprès d'elle mon baiser du soir. Au fil des jours cela me devint nécessaire. J'étais, me semblait-il, mieux qu'un compagnon.

La Coucou travaillait encore à l'usine de coton et de pansements qui s'était beaucoup développée pendant la guerre. Son mari envolé depuis longtemps, elle vivait de peu et habitait une petite maison dans la cour de ferme Deleau.

À mon grand plaisir, elle déjeunait et dînait avec nous. À table j'étais assis auprès d'elle et de maman. Je l'écoutais manger. Cela ne lui était pas facile parce qu'elle n'avait plus qu'une seule dent. Mais de l'appétit.

Elle était toujours tenue avec soin. En témoignait le ruban de velours noir dont elle entourait son cou un peu desséché, et elle se parfumait toujours de façon convenable à l'eau de Cologne.

Après le déjeuner elle repartait pour l'usine et revenait en fin d'après midi. Vers neuf heures du soir, elle regagnait sa maison dans la cour de la ferme. Dans la nuit, nous voyions la lumière de sa lanterne s'éloigner dans le jardin. Aussi mon frère avait-il tenté de rimer :

> *« Dans la nuit noire*
> *Quand vient le soir*
> *La main tient ferme*
> *Une lanterne.*

Hou, hou, crie le hibou :
C'est la Coucou ».

Mon frère, Tiennot, mon aîné, me dédaignait un peu et moi je préférais les femmes qui m'entouraient.

Des jours passèrent et la complicité qui m'unissait à Élisa s'affirma.

Dans les après-midi d'automne où la pluie ne me permettait pas de jouer dans le jardin je demeurais auprès d'elle à la cuisine. Inoccupé, j'y tournais en rond au grand dam de Marguerite. Comme avant, comme toujours, Marguerite cousait ou reprisait, assise devant la fenêtre. Et maintenant Élisa se trouvait en face d'elle, occupée à des travaux similaires dont, comme moi, elle ne voyait pas l'utilité. Elle abritait sans doute en elle une parcelle d'enfance et je pensais qu'elle aurait aimé être ailleurs pourvu que ce fût avec moi.

Au fil des heures je m'efforçais de m'approcher d'elle de plus en plus près. Elle m'attirait, j'aimais ce qu'elle était.

Il m'arriva enfin de m'appuyer à elle, contre son bras qui tenait l'aiguille ; elle me parut un peu gênée. Toutefois elle me le permit.

— Viens, me dit-elle comme pour se libérer, je vais te préparer ton goûter.

— Bientôt tu me feras des gaufres.

— Attends un peu que je sois au courant des habitudes de la maison. Mais je te promets de demander l'autorisation.

Des gaufres ! C'était à mon sens une avancée dans l'intimité.

C'était le matin, à notre lever, que maman me témoignait le plus d'affection, m'entourait de ses souvenirs, de ses recommandations et de ses plaintes.

Elle m'entretenait surtout de mon père disparu. Il était mort à trente-trois ans pour la patrie. Je me demandais si l'on était vieux ou jeune à cet âge. Et la patrie, qu'était-ce ? Le jardin, les prés, les fermes d'alentour ?

— Tu es ma consolation, me disait maman. C'est fou ce que tu ressembles à ton père.

Ah ! S'il t'avait connu il n'aurait pas pu te renier. Tu as la même façon de marcher et je pressens que tu auras la même voix et le même nez, un peu fort. Il était vraiment gai ton père. Il avait pris l'habitude depuis notre mariage de siffloter en marchant. Toujours décidé et d'un bon pas. Regarde sa photo sur la tablette de la cheminée.

Chaque matin ou presque, respectueux et admiratif, je jetais un œil sur la photo de ce sous-lieutenant casqué au beau profil dressé sur la terre de Champagne dans sa longue capote boutonnée.

Je n'étais pas très ému. Je me soumettais plutôt à ce mouvement rapide du regard qu'on m'invitait à accomplir comme appartenant à la prière matinale.

– Oui, reprenait maman, tout le monde dit que tu lui ressembles mais en plus craintif. Après sa mort nous avons changé ton prénom. Tu ne t'appelles plus Jacques mais Ivan, comme lui. Il faudrait quand même que je fasse revenir son corps dans notre caveau de famille. Il est

25

toujours là-bas, au cimetière militaire de Châlons-sur-Marne.

J'écoutais. Que dire ? Que faire ? Je voulais bien, plus tard, être soldat puisque tout le monde l'avait été mais je ne tenais pas à mourir à la guerre.

Je ne pouvais pas non plus remplacer mon père auprès de maman bien que parfois elle semblât l'espérer. Alors, devant tant de confusion et de désarroi je me jetais dans ses bras et nous pleurions ensemble.

Un matin alors que j'étais assis sur le lit et que maman me passait mes chaussettes, il me vint à l'esprit, parce que j'étais soucieux d'avoir à remplacer mon père auprès d'elle, de lui demander si elle aimerait avoir d'autres enfants.

Peut-être, me répondit-elle, mais il faudrait que ton père soit là.

C'est ainsi que j'appris qu'il fallait deux personnes, adultes de préférence, pour avoir des enfants.

Je m'étais souvent étonné que mon frère n'assistât jamais à nos entretiens matinaux. Il est vrai qu'il partageait la chambre de nos grands-parents. Il se trouvait donc absent à nos levers. Je pense que, réputé plus sensible, j'avais le privilège des confidences maternelles.

Tiennot, lui, était déjà grand. Il avait dix ans et avait connu son père. Il avait sa vie. Silencieux, bon élève, grand lecteur d'Alexandre Dumas, il aimait aussi la pêche à la ligne dans l'étang dans la compagnie de son chat qu'il nourrissait d'ablettes et de gardons.

Il était, me semblait-il, déjà un personnage dans la famille.

Après nos entretiens du matin, maman et moi entrions dans le quotidien. Elle s'y montrait tendre et protectrice. Dès qu'elle s'éloignait je m'inquiétais.

– Maman où es-tu ? m'écriais-je.

– Je suis là dans ma chambre.

J'allais la rejoindre et je la trouvais se poudrant le visage devant l'armoire à glace.

Elle s'étonnait cependant de la fréquence de mes séjours à la cuisine.

– Je me demande pourquoi tu te complais auprès de ces deux filles. Tu as tout de même quelques jouets pour t'occuper.

– Peu de chose, répondais-je.

– Il est vrai que les jouets sont chers. Je vois bien qu'ils ne t'intéressent pas. Tu aimes à traînasser à la cuisine, à observer les uns et les autres. Surtout depuis l'arrivée d'Élisa. Voilà qui agace ta grand-mère.

La sobriété de la blouse d'Élisa, sa façon de la porter avec un maintien et une élégance que lui offrait la fin de son adolescence, m'attiraient de plus en plus auprès d'elle. Elle paraissait accepter l'insistance de ma présence mais je ne suis pas sûr qu'elle fût consciente de ma dilection.

Lorsque, un soir, elle revint de son congé hebdomadaire, je lui montrai mon mécontentement : pourquoi était-elle partie sans m'avertir ?

– Je te ferai des gaufres, me dit-elle en pensant m'apaiser.

Je lui reprochai de m'avoir abandonné.

— Je veux que tu me dises où tu es allée.

— Où veux-tu que j'aille sinon chez mes parents ?

— Je ne veux pas que tu partes. Tu me manques !

— Voyez-moi ça. Mais c'est presque une déclaration d'amour. Serais-tu jaloux par hasard ? Je peux être pour toi comme une grande sœur ou une cousine qui serait aussi un peu ta mère mais rien d'autre.

Elle m'attira à elle et me prit dans ses bras. J'étais ravi. C'était la première fois. Je découvris combien elle était sèche, osseuse mais aussi combien ses seins étaient ronds et fermes.

— L'un des prochains jeudis, me dit-elle, je t'emmènerai chez mes parents et nous passerons l'après-midi ensemble.

— Quand ton grand-père est allé déclarer ta naissance à la mairie, me disait maman, tu as été inscrit avec le prénom que ton père et moi avions choisi pour toi : Jacques. Pour te baptiser nous avons attendu longtemps en espérant que ton père aurait une permission pour assister à ce sacrement et participer à cette fête. Puis ton père est mort. Alors j'ai décidé que tu ne t'appellerais plus Jacques mais Ivan, comme lui. C'est pourquoi à la paroisse tu as été baptisé sous le prénom d'Ivan.

– Je sais. Tu me l'as déjà dit.

– Pas de façon aussi explicite. Il faut bien que tu saches. Tu me rappelles à chaque instant la mémoire de ton père et parfois sa présence. Plus tard, par familiarité et peut-être par bêtise, pour affirmer que tu étais encore un enfant, Ivan est devenu Vanvan. Maintenant tout le monde t'appelle comme ça.

Dans le moment, je ne voyais pas d'inconvénient à ce que l'on ait changé mon prénom. C'était l'affaire de grandes personnes. Vanvan, c'était bon enfant et facile à retenir.

L'hiver vint avec la neige et Cyprien dut dégager les allées du jardin.

Ce fut pourtant par ce temps-là que, un jeudi après-midi, Élisa m'emmena chez ses parents. Elle avait su convaincre maman qui objectait que la froidure n'était pas favorable à cette escapade.

Élisa dédaigna emprunter la route et, sans doute par amour de la campagne, voulut suivre le cours du ruisseau qui passait derrière l'étang.

Ce fut un grand voyage. Je découvris le fil de l'eau sous la neige, l'herbe transie, les gouttes gelées des berges et le murmure alerte de l'écoulis liquide dans le silence blanc.

– Regarde l'eau, me répétait Élisa. Je vais te porter un peu. Jusqu'aux « coches », si tu veux, là où se trouvent les pierres dressées pour canaliser le grand ruisseau d'amont qui vient de Masseval.

Enfin nous parvînmes à la route et j'aperçus les barrières du passage à niveau. Mme Ducroux, couverte d'un châle vert sombre, nous attendait sur son seuil malgré le froid. Sa maison était très modeste bien que construite en pierre. Elle se trouvait toute proche de la voie ferrée. Derrière elle s'ouvrait un enclos où picoraient des poules. La cuisine carrelée de rouge et aux murs badigeonnés de beige était triste. La neige couvrait les champs.

Élisa m'ôta mon manteau, mon bonnet, mes chaussures. Je demandai où était Joannès. J'appris qu'il était au moulin où sa mère l'avait envoyé pour acheter du grain.

– Eh bien, voici le compagnon dont je t'ai parlé, dit Élisa à sa mère en me montrant du doigt.

– Mets-lui donc aux pieds les savates de Joannès. Il a les pieds trempés.

Mme Ducroux, pour me charmer, avait prévu des gaufres et de la limonade.

Rassasié, j'entendis plus tard qu'Élisa et sa mère parlaient argent. Le père ne travaillait pas.

– Où est-il ?

– Je ne sais pas. Il revient le soir éméché.

– Je t'apporterai ce que je gagne.

On entendit le son répété d'une cloche.

– On attend le 17 heures 15. Je vais fermer la barrière. Ensuite nous partirons. Il faut que je sois rentrée avant six heures.

Nous revînmes à la maison en suivant le cours du ruisseau. La neige fondait encore un peu. Je pensais que lorsque, en venant, Élisa m'avait porté j'aurais pu embrasser son cou ou sa nuque. J'en avais eu envie mais je ne l'avais pas fait parce que je ne savais pas si j'en avais le droit. Si maman l'avait appris, elle aurait condamné cet appétit. J'avais eu tort de ne pas céder à mon désir. Jamais Élisa n'aurait averti maman de ce baiser clandestin. J'aurais dû savoir qu'elle acceptait beaucoup plus de moi qu'il n'était naturel. Elle était déjà un peu complice.

Je ne savais pas très bien qui j'étais. J'avais été Jacques, puis Ivan, puis Vanvan. Pour l'instant on s'en tenait là pour ma personne. Je devais ressembler à mon père que je n'avais pas connu. J'étais en somme double : je devais être moi et mon père. Qu'avait-il été enfant ? Il était joyeux et cependant il était mort à la guerre. De là à conclure que l'insouciance ne protège de rien. Pour se protéger il valait mieux alors rechercher un abri secret auprès des seins. Pourquoi les femmes les cachent-elles toujours ? Pour les obtenir il fallait s'en saisir, les prendre.

Quand nous étions revenus de la maison de Mme Ducroux, nous avions marché vite parce qu'Élisa avait peur d'être en retard. Bien entendu elle me tenait la main. De temps en temps, elle courait un peu en riant, comme si j'avais été son petit enfant et je crois que j'aurais aimé l'être. Élisa m'avait paru connaître alors avec moi quelques instants d'un bonheur simple.

À croire que nous étions doubles tous les deux.

Lorsque la fin de l'hiver approcha, au début du mois de mars, maman me convia à l'accompagner dans un tour de jardin. Elle aimait les fleurs. Elle y trouvait une consolation. Ses parents lui abandonnaient le choix des plantes et la direction du jardin. Je l'y accompagnais et l'un des premiers bonheurs de l'année s'ouvrait avec les couleurs chaudes des giroflées.

Comme nous achevions notre promenade et que nous revenions vers la terrasse maman me dit :

– J'ai décidé de me rendre le mois prochain sur le champ de bataille où ton père a été blessé, avant de mourir deux mois plus tard. Je partirai avec ton frère et ton oncle Lazare. Tu as six ans, tu es grand maintenant. Tu resteras avec ta grand-mère pendant une semaine.

– Tu vas me laisser seul la nuit ! m'écriai-je.

– Ah, ne commence pas un drame ! On me reproche de n'avoir pas rendu visite à ton père quand il était blessé. Je n'y suis pas allée parce que je t'allaitais.

On en revenait toujours aux seins et au lait.

35

En somme, si je comprenais bien, si ma mère n'avait pu se rendre au chevet de mon père mourant c'était de ma faute. Je me mis à trépigner, fou de rage et de chagrin.

Dormir seul dans le grand lit de maman, jamais !

Je confiai ma peine à Élisa.

– Je te prendrais bien dans mon lit, me dit-elle, mais je crois que tes grands-parents ne comprendraient pas.

Mon désespoir dura deux jours puis j'oubliai. Mon attitude à l'égard d'Élisa se fit de plus en plus exigeante. Au mépris de la présence de Marguerite quand, dans l'après-midi, toutes deux raccommodaient devant la fenêtre de la cuisine, je me faisais de plus en plus pressant auprès d'Élisa. Ma main découvrait son cou, sa nuque et, si elle tentait de me repousser, je m'efforçais de lui résister pour percevoir les os du haut de sa poitrine. J'aimais ce dénuement de la chair si proche de ses seins que je pressentais somptueux. Ainsi découvrais-je sans doute les liens secrets qui unissent la mort et l'amour.

Je respirais Élisa tout en regardant, distrait, les mouvances printanières du jardin aux couleurs inespérées. Personne ne pouvait saisir l'ampleur de ma quête qui, en balance de la mort de mon père et du chagrin de ma mère, recherchait la découverte des seins d'Élisa.

– Qu'est-ce qu'il lui prend ! murmurait Marguerite. Ne te laisse pas faire. Il est tout le temps fourré dans tes jupes.

Maman avait peur des maladies. Au moindre rhume elle me plaçait un thermomètre dans le derrière et suivait avec inquiétude, penchée sur moi, l'évolution du mercure dans sa colonne.

Et à voix basse :

– Tu as vraiment les fesses chaudes.

Elle avait coutume d'apprécier la température au jugé des mains : chaleur du front, toucher des oreilles et paumes sur les fesses.

Je profitais de cette anxiété pour tenter de la dissuader de ce projet de voyage sur les champs de bataille.

– Je ne veux pas que tu me laisses.

La date de son départ approchait.

— Je t'apporterai des soldats de plomb.

— Tu sais bien qu'ils sont trop chers.

— Alors des soldats en carton pâte.

— Si tu veux.

— Comme tu es raisonnable.

— Oui, mais je ne veux pas que tu partes. Et si j'étais malade…

— Ta grand-mère ferait appel au Dr Charles. Tu es trop possessif.

Nous en étions aux scènes de ménage.

L'oncle Paul qui, à trente-trois ans, revenait d'un séjour d'occupation militaire à Mayence aimait, au repas du soir, raconter des histoires de guerre. Il était fier d'avoir appartenu aux « volants » c'est-à-dire à l'artillerie à cheval dont les prises de position rapides se faisaient au galop. Ainsi avait-il connu le Grand Couronné, Massiges, le canal de Furnes à Ypres. Et il se servait de veau froid et de mayonnaise. C'était l'un de ses plats préférés ; d'ailleurs il aimait à

citer ces quelques mots tirés je ne sais d'où :
« Amis, servez-nous du veau froid. »

Maman qui ne voulait pas que l'héroïsme de son mari fût en reste déclarait aussitôt :

– En Champagne, en septembre 1915, ce fut terrible vers le bois Sabot et la ferme de Navarin où se trouvait Ivan.

– Comme à Tahure et aux Hurlus.

Ainsi, au fil des dîners et des veillées, sous l'intimité des lampes, apprenais-je à connaître ces noms de villages, de lieux-dits, de bois, de fermes qui allaient accompagner toute ma vie. Vauquois, Les Éparges, Tahure, la main de Massiges, Craonne et Hurtebise, le bois des Caures, et Douaumont, grains d'un chapelet rouge de sang et qui n'avait pas de fin.

Et l'oncle Paul se servait à nouveau de veau froid mayonnaise.

Nous faisions encore quelques flambées de printemps. Les cerisiers étaient en fleurs. Maman, en cachette, avait préparé sa valise et je me trouvai sans elle un matin mais à la main d'Élisa. Grand-mère voulut aussitôt me prendre en charge mais je parvins à lui échapper.

Dans l'après-midi Élisa proposa de me préparer des gaufres pour me consoler du départ de maman.

— Il n'y a pas que les gaufres qui comptent, il y a toi !

— Tu es fou !

Et elle alla s'asseoir auprès de la fenêtre. C'était un mercredi, jour de sortie de Marguerite.

Élisa songeuse, prit son raccommodage.

— Je ne sais pas ce que tu veux, murmura-t-elle. Je ne comprends pas.

— Je veux toi ! m'écriai-je.

Je me précipitai vers elle et m'enfouis le visage dans les plis de sa blouse, contre son ventre. Presque aussitôt je sentis sa main sur ma tête

— Tu n'es pas raisonnable, me dit-elle.

— Toi non plus.

— C'est vrai.

Elle souriait.

Lorsque maman revint de voyage, je la boudai pendant une matinée entière et ne quittai pas Élisa.

Dans l'après-midi je consentis à ouvrir une boîte de soldats en carton-pâte achetée dans un bazar de Châlons-sur-Marne. Il s'agissait de hussards au dolman bleu clair et à brandebourgs blancs, dans l'uniforme d'avant-guerre.

Tandis que je les disposais en ordre de bataille sur le parquet de la salle de séjour, maman racontait à grand-mère les péripéties de son voyage. Il lui avait fallu passer par Paris, coucher rue de Seine, chez une amie qui chantait à l'Opéra-comique, puis, le lendemain, prendre le train pour Châlons. Ensuite elle s'était rendue à Suippes et elle avait commencé à découvrir le paysage lunaire et chaotique d'arbres abattus ou déchiquetés sur une terre blanche creusée de tranchées et de trous d'obus. Elle avait marché jusqu'à Souain puis sur le chemin de la Ferme Navarin où elle pensait, mais sans certitude, qu'Ivan avait été blessé.

Sur le soir, elle fut très occupée. Elle avait

rapporté de son voyage un culot d'obus «qui pouvait servir de vase à fleurs», des chargeurs et leurs balles, des fléchettes d'avion en acier. Elle étiquetait chaque objet rapporté du champ de bataille et inscrivait le nom du lieu où elle l'avait trouvé.

Elle me dit aussi qu'elle avait dû passer avec mon frère une nuit à l'«Hôtel de la Sainte-Mère-de-Dieu» à Châlons-sur-Marne. Au matin, tous les deux étaient allés reconnaître la tombe de notre père au cimetière militaire.

Ce voyage l'avait éprouvée. Il lui restait maintenant, disait-elle, à faire exhumer le corps d'Ivan afin qu'il soit ramené auprès de nous et placé dans le caveau de Villeroy où elle-même serait inhumée plus tard.

On ferait graver le nom d'Ivan dans l'ardoise au mur du cimetière de Briollay, en Anjou, au-dessus de la tombe de ses parents.

Au soir de ce jour, je retrouvai notre lit et, comme avant, ma main s'égara sur son sein. Selon l'usage, sur la table de nuit se trouvaient une petite carafe remplie d'eau, un verre et les boîtes de cachets ou comprimés que maman prenait au cours de la nuit pour calmer ses douleurs et sa peine : *Algocratine*, cachets *Faivre*, *Pyramidon*, *Sonéryl*.

Il me fallait achever ma conquête. Aussi bien je ne quittais pas Élisa et je m'adressais à elle désormais en maître-quémandeur lorsqu'elle travaillait, dans sa position coutumière, à l'aiguille ou, selon le vœu de grand-mère, entre-croisait au crochet des lacets de raphia pour me façonner un chapeau estival qui, bien entendu, serait cerné d'un ruban tricolore.

Après une approche sournoise et quelques caresses des avant-bras j'étais parvenu à lui embrasser les paupières. J'étais ravi qu'elle acceptât, bien qu'elle montrât parfois quelques signes d'impatience.

– Tu exagères, me disait-elle.

Une seule fois :

– Tu m'embêtes.

J'avais dit :

– Je ne te toucherai plus.

– Tu sais bien que si.

De temps en temps elle essayait de détourner mon attention sur le jardin.

– Regarde donc la bordure de capucines.

– C'est toi, ma capucine.

– Tu ne sais plus ce que tu dis. Tu es drôle. Mais moi que vais-je devenir avec toi ?

– Mon amoureuse.

– Que tu es bête ! Tu n'y penses pas, minot comme tu l'es.

Jeu singulier. Si j'avais eu huit ou neuf ans, jamais je n'aurais eu l'audace de lui parler ainsi.

Je ne sais pas si maman avait retiré de son voyage dans la zone des combats une certaine quiétude d'un devoir accompli ?

Le matin, à notre lever, il lui arrivait de chantonner devant la glace au-dessus de la cheminée tout en dénouant les tresses de ses cheveux. Encore des chants patriotiques comme «Le Chant du Départ». Alors elle s'interrompait et me répétait : «La partie de l'histoire de France que ton père préférait était le Consulat : la paix de Lunéville, la paix d'Amiens et puis aussi l'Empire, Iéna, la Prusse à genoux ! »

Un jour elle me surprit. J'écoutai attentivement :

> *« C'est derrière Perrache*
> *Que l'on a coupé*
> *La tête du lâche*
> *Qui nous a tué*
> *Notre sympathique*
> *Et bon Président*
> *De la République*
> *Que l'on aimait tant »*

– Oh, me dit-elle, quand j'étais enfant, Caserio, un italien, avait assassiné à Lyon le Président Carnot. Alors il y avait eu une émeute et toutes les boutiques italiennes avaient été saccagées par la foule, en particulier celle du marchand d'oiseaux, sur le quai du Rhône, Casartelli.

Comment pouvait-on être marchand d'oiseaux ?

Il arriva en ce printemps que, un dimanche,

45

Élisa ne m'emmena pas avec elle chez ses parents comme elle le faisait souvent désormais.

J'appris par Cyprien qui s'intéressait aussi à elle qu'elle s'était rendue au village. Où et pourquoi ? Cyprien s'interrogeait.

Lorsqu'elle revint je ne manquai pas de la questionner.

– Si je te dis que je suis allée voir une amie tu ne me croiras pas, me dit-elle.

– Mais tu sais bien que si tu étais allée voir une amie au village tu m'aurais emmené.

– Tu veux tout savoir. Viens que je regarde si le chapeau que je te prépare va te convenir.

Ce n'était pas une réponse.

Ce n'était pas encore tout à fait l'été. Les Rameaux, Pâques étaient passés. Grand-mère disait que nous étions au temps de l'Ascension et de l'Esprit Saint de la Pentecôte. Elle ajoutait que, autrefois, elle aimait à suivre les processions de la Fête-dieu, quand les enfants jetaient des pétales de roses auprès des reposoirs. Grand-mère croyait en Dieu et au Christ notre Sauveur.

46

Nous en étions au début de juin. C'était du moins ce que disait maman à notre lever. Elle ajoutait :

– Je vais ôter une couverture de notre lit. Tu me tiens trop chaud.

– Mais toi aussi tu me tiens chaud avec ta chemise de finette.

Nous ne nous passions rien ou tout.

Maman ouvrait les volets. Le soleil était levé depuis longtemps.

Bientôt on couperait les foins dans notre grand pré et Marguerite et Élisa, dégagées par grand-mère des tâches ménagères, iraient aider Cyprien à la fenaison.

Celle-ci se fit dans la joie. Lorsque les travaux furent terminés, on fêta vers les cinq heures de l'après-midi ce que dans le pays on nommait la Revole, riche goûter qu'offrait grand-mère à tous ceux qui avaient participé à ces longues et chaudes journées.

Élisa et Marguerite avaient apporté force

pâtisseries et boissons pétillantes et du vin de Vouvray.

On étendit une grande nappe sur l'herbe à l'ombre d'un chêne. Nous nous assîmes en rond. Se trouvaient ainsi réunis Marguerite, Élisa, Cyprien, deux jeunes paysans venus apporter leur aide et moi-même.

Tout se passa pour tous dans la plus franche gaieté jusqu'à l'instant où, surprenant une conversation entre Marguerite et Élisa, j'entendis parmi les rires ces quelques mots : « Il s'occupe des lignes télégraphiques. C'est un peu dangereux parce qu'il faut qu'il grimpe au long des poteaux. »

Qui était ce « il » ? Certes, monter au poteau pouvait être un jeu, un divertissement. « Il » était-il le frère d'Élisa, Julien ?

Je me promis d'en avoir le cœur net.

Ce soir-là au-dessus des saules, au-delà du grand pré d'où parvenait un parfum de foin séché, le soleil se coucha rouge dans le feu qu'il allumait dans le ciel.

Grand-mère, assise sur le banc de la terrasse disait qu'il y aurait grand vent demain.

Sur la route, au bas du jardin, des troupeaux en tumulte remontaient vers les fermes et les cris des bouviers se perdaient sur les eaux de l'étang.

Quelques jours plus tard Mme Ducroux vint trouver grand-mère pour lui demander l'autorisation d'emmener Élisa pendant quarante-huit heures. Mme Ducroux souhaitait que sa fille l'accompagnât à Bourg-en-Bresse, chef-lieu de notre département, pour obtenir je ne sais plus quel document de la préfecture.

Élisa partit et revint. Je fus l'attendre à la gare et, lorsque je la vis descendre du train, je fus heureux et ébloui.

Étonné par son vêtement de ville que, probablement, elle venait d'acheter. Jamais je ne l'avais vue si surprenante. Elle était verte et brune, avec une jupe assez courte et à la taille basse. Je crus même qu'elle avait changé de coiffure. Je savais qu'elle en avait envie. Je courus vers elle. J'appris qu'il n'était pas d'impatience et

d'émotions aussi vives que celles que suscitent
à la descente d'un train l'attente, la découverte
et la reconquête d'un être aimé. Elle me prit
dans ses bras. Je ne savais plus tout à fait qui
elle était. Tout me parut compliqué, inavoué.

Au début de l'été l'oncle Paul vint prendre
quelques jours de vacances parmi nous. Je le
connaissais peu puisqu'il avait été absent pendant
toute la durée de la guerre et même davantage.

Il n'aimait guère la campagne. Il habitait
à Lyon une garçonnière. Cependant, durant
l'hiver, il était venu dîner et dormir à Serrigny
deux fois par semaine parmi nous. On disait qu'il
travaillait au bureau de grand-père mais, d'après
ce que pensait maman, il se promenait surtout
en ville et s'attardait chaque soir à la « Brasserie
des Archers », siège du Football club de Lyon où
il retrouvait ses amis.

Il avait un passé sportif intéressant qui datait
de l'avant-guerre : de nombreuses sélections en
équipe nationale de rugby, champion de France
en 1910 dans cette même discipline.

Je le trouvais beau, élégant, parfumé, discret, et d'une gentillesse extrême.

De plus, dès son retour parmi nous, il s'était beaucoup intéressé à ma personne et j'en avais été heureux. Il me prenait souvent sur ses genoux et, sous prétexte de juger de la qualité de ma musculature des cuisses et des mollets, il me chatouillait et nous en arrivions à des parties de rigolade interminables. Celles ci se terminaient, dès le retour au calme, par ces mots : « Toi, mon petit, tu seras demi de mêlée. »

Pendant les vacances de juillet, il jugea bon de m'initier aux sports athlétiques : course, saut, lancer et jeux de passe avec ballon. Nous passâmes ainsi nos matinées à sauter, courir dans l'ancien jeu de boules abandonné qui nous servait de piste pour nos épreuves entrecoupées de périodes de repos au cours desquelles l'oncle devenait à nouveau artilleur.

– Vois-tu cette maison, là-bas, au bord de la Saône ? On l'appelle la « maison carrée ». Avec un canon de 75 nous pourrions la détruire en quelques instants. Évidemment nous n'aurions pas ici un bon observatoire. Parce que les arbres sont trop feuillus. Mais à la guerre comme à la guerre. Disons alors un coup trop court, un coup trop long, et le troisième au but. Boum !

Ensuite il discourait pour lui-même sur la gerbe de culot et la gerbe d'ogive comme sur les erreurs de parallaxe. Mais nous en revenions assez vite à nos exercices athlétiques.

– Et n'oublie pas, n'oublie jamais que la vitesse est l'aristocratie du sport.

Vers la fin de la matinée, nous partions nous baigner dans la Saône. Ce fut pour moi une grande découverte et une merveilleuse initiation.

Sur le chemin du retour il m'entretenait de la guerre avec de nouveaux noms : Rozelieures, le moulin de Laffaux et la Malmaison.

Un jour, comme nous montions, après notre baignade, la grande allée du jardin, nous aperçûmes Élisa qui disposait notre couvert à l'ombre de l'acacia de la terrasse. L'oncle parut intéressé. Il se mit à fredonner un air qui commençait à être à la mode :

« *Un p'tit bout de femme*
Qui danse le charl'ston
Les cheveux courts
Coupés à la garçonne »

et tout à coup s'interrompant :

– Tu ne trouves pas qu'Élisa a de très belles jambes ?

J'acquiesçai, un peu surpris.

– Toi, ajoutai-je, tu as de très gros mollets.

– Tu auras les mêmes. Tu tires du côté de ta mère, de notre côté.

Voilà qui n'arrangeait pas ma silhouette. J'aurais le grand nez de mon père et les gros mollets de ma mère.

Pour le quinze août, fête de grand-mère et de toutes les Marie, nous nous rendîmes au cimetière de Villeroy en famille. Bien que la Coucou se prénommât Marie, elle était exclue du pèlerinage.

On lui reprochait de s'être promenée dans sa jeunesse, en calèche, en compagnie d'un jeune ouistiti dans les rues de Villeroy.

53

Telle était la tradition. Il fallait rendre hommage aux morts en ce jour de l'Assomption.

Dans l'après-midi, Élisa consentit à m'emmener avec elle. Son père était alité, atteint d'une forte fièvre. Le médecin hésitait entre tuberculose et fièvre typhoïde. Joannès était là, mais il m'était si supérieur qu'il ne prêta aucune attention à ma présence. Il disposait sur la table les cartes d'une réussite.

Élisa parlait beaucoup avec sa mère. Toutes les deux évoquaient entre elles les préparatifs d'une fête à venir. Puis Élisa devint méfiante et engagea sa mère à ne pas trop en dire devant moi.

J'entendis pourtant encore, après avoir saisi au vol un prénom, Armand :

– Je ne vois pas comment ton père pourrait y assister dans l'état où il se trouve.

En revenant, il nous fallut franchir le ruisseau de Masseval. Malgré la chaleur il s'y trouvait beaucoup d'eau parce que de grosses pluies d'orage étaient tombées sur la Dombes.

Élisa se pencha sur son bord pour placer dans

54

le courant deux lourdes pierres où je puisse appuyer mon pied pour franchir le flux. Elle était vêtue d'une robe très légère bleu pâle. Quand elle s'inclina vers l'eau je pus apercevoir le haut de ses seins et le couloir de chair ombrée qui les séparaient, mais pas davantage. Lourds, ils pesaient sur son soutien-gorge sans que je puisse surprendre le mamelon et l'aréole.

Était-ce Armand qui montait le long des poteaux ?

Au retour je décidai de rester seul au bord du ruisseau. Je m'assis sur les marches de l'escalier qui, du jardin, descendait à la cascade. Ce qui m'était interdit par maman.

J'étais attiré par le tourbillon de l'eau qui, après sa chute dans sa propre écume, s'enfuyait, bosselée, sur des galets noirs. Ainsi je réfléchissais à l'aise en me demandant qui pouvait être Armand. Était-il ce garçon qui surveillait les lignes télégraphiques ? Pas un enfant à coup sûr, pas un vieillard non plus. Peut être un amoureux ?

Peu à peu je devins absent dans ma recherche. J'étais pris par le spectacle de la cascade quand, tout à coup, j'entendis la voix de maman irritée :

– Que fais-tu là ? Tu sais bien que, seul, je ne veux pas que tu t'approches de l'eau.

Je me dressai brusquement, furieux, et je lançai dans les jambes de ma mère un violent coup de pied de la pointe ferrée de ma galoche.

Je me le reprochais encore lorsque, le soir, je m'étendis à côté d'elle.

Le lendemain fut un jour de grand soleil. Élisa et Marguerite s'étaient installées à l'ombre du châtaignier et avaient apporté leur ouvrage.

Dans le découvert du jardin et de la terrasse une approche discrète d'Élisa ne m'était pas facile. D'autant plus difficile que maman et grand-mère s'apprêtaient à venir s'asseoir sur le banc placé sous l'acacia.

J'étais coiffé du fameux chapeau de raphia au ruban tricolore, légèrement vêtu, culotte courte et chemisette, dans ma position d'enfant inoccupé mais en alerte, dans l'espoir de trouver quelqu'un à embêter. Toutes les femmes étaient à l'abri de mes entreprises et, à mon avis, beaucoup trop libres.

Élisa m'avait dit une fois, « tu manges ma liberté ». Je lui avais répondu :

– Tu es à moi.

Alors elle avait dit en riant :

– Brigand !

Ce mot ne fermait la porte à aucune audace. Je fis seulement semblant d'être furieux. Mais je ne savais toujours pas qui était Armand.

Un jour de congé hebdomadaire de Marguerite nous nous trouvâmes, Élisa et moi, seuls à la cuisine. Il était entre trois et quatre heures de l'après-midi. Élisa était assise auprès de la fenêtre. Des tournesols et des roses trémières fleurissaient dans le lointain du jardin. Derrière moi la croisée qui donnait sur le pré des chèvres était ouverte.

Avant de m'approcher d'Élisa, je la regardai longtemps. Elle ne prêtait aucune attention à ma présence. Je ne savais pas trop à quoi elle pouvait penser dans ce silence de septembre interrompu parfois par un frêle bêlement.

Je m'approchai lentement d'Élisa. Je vins à elle et m'y appuyai. Elle interrompit son ouvrage, un raccommodage de bas de laine noir. Je posai mes lèvres sur son cou. Elle les accepta avec indifférence comme une manifestation coutumière d'amitié peut-être un peu plus osée que d'ordinaire.

Déçu, je m'éloignai quelque peu mais très vite son visage, ses épaules, ses cheveux m'attirèrent de nouveau. Mes doigts se promenèrent sur sa nuque, s'y attardèrent puis caressèrent son épaule et soulevèrent le col de sa blouse.

Élisa, son ouvrage posé sur ses genoux, trouva-t-elle ces caresses d'un enfant agréables ? Je les prolongeai. Elle renversa sa tête en arrière et les yeux mi-clos, l'appuya au mur. Je crus l'instant venu. Elle m'était abandonnée. Ma main glissa vers son sein. Je ne pus l'atteindre.

Elle se dressa d'un bond, un peu défaite, me repoussa.

– Ah non ! cria-t-elle. Tu ne sais plus ce que tu fais. Ça je ne veux pas !

Et d'une main fébrile elle remettait en place la bride de son soutien-gorge que j'avais dérangée.

Je la sus perdue. Je ne posséderais jamais les seins d'Élisa. Elle n'avait pas soupçonné l'ambiguïté de mon souci, ni que je recherchais en eux un abri ou un refuge.

Des larmes me vinrent aux yeux. Elle en eut de la peine. Elle m'embrassa mais je vis bien qu'elle riait un peu. De moi.

Alors, quelques jours plus tard, à défaut d'Élisa, pourquoi ne pas tenter une entente avec son frère ? Du moins par ce biais demeurerais-je dans son orbe.

J'eus l'occasion de rencontrer Joannès dans la cour de Cyprien. Au début, il se montra assez aimable. Il m'expliqua qu'il était venu chercher un lapin mâle chez Mme Bernard pour couvrir deux de ses lapines.

À ce dernier mot il s'égaya. Il répéta à plusieurs reprises :

— Lapines, lapines...

Et comme je restais insensible à son propos, il ajouta :

— Ça ne te dit rien ?

— Non, dis-je.

— Ben, mon petit vieux, t'es encore plus con que je croyais.

Ma tentative n'allait pas dans le sens d'une réussite.

Chaque samedi de septembre, grand-père s'installait dans l'après-midi sur le palier du pavillon auprès d'une armoire qu'il nommait «l'armoire aux fusils». Là, assis à une table, il préparait avec gaieté ses cartouches pour la chasse du lendemain. Il avait longtemps chassé dans la Dombes. Comme il avait dépassé la soixantaine, il se contentait maintenant du gibier de la campagne environnante. Distrait par son occupation, il se laissait souvent aller à chantonner un vieil air des années 1880-1890 :

« À Paris en France
On n'est plus chez soi
Quelle est donc l'engeance
Qui nous fait la loi ?

Tandis que la vermine
Travaille pour rien
Chez nous la famine
Tue les citoyens.

Y a trop longtemps
Que nous crevons de misère
Chassons l'étranger
Ça fera travailler.

Ce qu'il nous faut
C'est du pain ou la guerre
Chassons du pays
Prussiens, Italiens ou youdis ».

Cette chanson heurtait beaucoup ma grand-mère.

– Momet (elle appelait ainsi son mari), criait-elle, ce n'est plus de notre temps !

Elle préférait « Le Postillon de Longju-
meau » :

« *Je vais vous conter l'histoire*
D'un postillon jeune et galant... ».

Un dimanche ensoleillé de septembre, grand-
père me dit :
– Veux-tu venir avec ton frère et moi aux
alouettes ?
Nous partîmes tous les trois par les prés jusqu'en « champagne ». On appelait ainsi les terres
à blé de la vallée.
Au bord d'un champ, auprès de trois peu-
pliers, à l'abri d'une haie, grand-père plaça à
quelque distance de nous un miroir mobile sur
son axe qu'il ficha dans le sol. Il revint ensuite
portant une longue cordelette qui permettait
d'animer et de faire tourner le miroir sur sa tige.
Bientôt les vols d'alouettes, attirés par les éclats
brillants de la lumière, descendirent du haut du
ciel. Et les oiseaux tombèrent tandis que les
coups de feu déchiraient la campagne jusqu'ici
muette et paisible.

Étranger, je cueillais les mûres de la haie en songeant à la perte d'Élisa.

J'étais parvenu à me découvrir un petit camarade. Marceau Pivoine terminait ses vacances chez son grand-père, le paysan, M. Deleau, dont la femme était morte au début de l'année. En fait, en sa onzième année, Marceau tenait le ménage de son grand-père. Il faisait des courses au village où il achetait surtout des boîtes de conserve. Ses préférences allaient au thon à l'huile. Son «vieux» ne disait trop rien sur cette dépense. Le père de Marceau avait été lui aussi tué à la guerre en juillet 1918. Mme Pivoine avait dit alors : «Antoine n'a pas eu de chance. Trois mois de plus et il aurait passé au travers». Marceau s'occupait du ménage de son grand-père joyeusement. Il y consacrait peu de temps. Il était un fameux chasseur d'oiseaux au lance-pierres. Il tirait sur les moineaux quand ils venaient au crépuscule s'abriter pour la nuit dans le paillé de l'aire où l'on bat le blé.

Bien entendu, du haut de ses onze ans, il me méprisait un peu mais comme il était mauvais élève à l'école il ne se montrait pas trop supérieur. Il fréquentait parfois Joannès mais sans assiduité. Joannès était trop dominateur.

J'avais appris à lire. Il y avait des mots que j'aimais beaucoup. Celui que je préférais était, je crois, « pluie ». Au début il avait été difficile à lire mais il était beau et doux de toutes ses voyelles humides. Ensuite venaient ceux qui évoquaient l'eau dans son ruissellement. Ils étaient colorés d'argent mais d'une luminosité très changeante suivant que l'eau s'enfuyait en passant de l'ombre au soleil. « Soleil » n'était pas mal non plus mais à mon goût, trop bravache. L'eau demeurait ma meilleure amie, d'autant plus que j'avais souvent soif. Soif aussi de ma mère et, malgré tout, toujours d'Élisa.

Depuis quelque temps, maman me répétait que, à la rentrée, très bientôt, je devrais aller à l'école.

– À la ville, à Lyon, me dit-elle.

– Ah, ça non, jamais je ne quitterai le jardin et la campagne.

– Tu verras le Rhône et la Saône.

– La belle affaire ! m'écriai-je.

Je me moquais bien du Rhône, ce gros barbu des sculptures et des images.

Je n'en disais rien mais je savais pour l'avoir fréquentée que la Saône avait des seins, elle. Je me rendais bien compte que le bon temps tirait sur sa fin. Marceau Pivoine se préparait, lui aussi, à entrer en classe dans un pensionnat. Pour ces derniers jours de liberté il venait pêcher dans l'étang. Il pleuvait un peu. Il avait trouvé un coin d'eau, sous un grand saule de la berge, où il prenait des perches en amorçant avec de petits vers rouges. Et sur le soir, il emportait ses prises en courant. Il s'enfuyait comme un petit voleur. Cette pêche fut la dernière joie de ses vacances.

Le projet avait pris corps. Maman et son frère Lazare avaient organisé le transfert des restes de mon père au cimetière de Villeroy.

Un samedi, l'oncle Lazare alla attendre le cercueil à la gare. Le train avait eu beaucoup de retard. Ensuite le convoi mortuaire avait dû traverser tout le bourg et gravir le coteau sur lequel se trouvait le cimetière. Si bien que l'oncle n'était revenu qu'à la nuit tombante.

Nous étions réunis à attendre son retour de Villeroy dans la salle à manger : maman et, tout proche d'elle, mon frère Tiennot, grand-père, grand-mère, la Coucou. Maman m'avait pris sur ses genoux et me serrait contre sa poitrine.

Enfin l'oncle était arrivé et, debout, une main appuyée sur la table et l'autre au bout du bras dressée :

«Lorsque nous sommes arrivés au cimetière nous avons trouvé la barrière fermée. Il était tard, c'est vrai. Le gardien refusait d'ouvrir. Alors je me suis mis en colère : «Croyez-vous, ai-je dit, que lorsque les soldats partaient pour l'attaque on leur demandait si l'heure leur convenait ?»

Alors maman qui jusque là retenait ses larmes éclata en sanglots et j'en eus les joues mouillées.

L'oncle n'en finissait pas d'être indigné. Enfin, sur un ton plus modéré, il dit que les fossoyeurs étaient à l'œuvre et qu'Ivan avait gagné sa tombe. Je ne sais pas pourquoi la nuit fut à nouveau peuplée de cris de chouettes.

– Ce sont de toutes petites chouettes de l'année, me dit maman qui ne parvenait pas à dormir. N'aie pas peur. Nous irons au cimetière demain matin.

Depuis lors maman et grand-mère s'attardaient très longtemps le soir à la salle à manger en prenant une infusion de valériane. Maman avait alors demandé à Élisa de s'occuper de mon coucher si bien que, chaque jour, elle présidait à ma mise au lit et s'asseyait auprès de moi pendant quelques instants.

Elle me dit un soir :

– Mon petit amoureux il faut que je te fasse une confidence. Je vais bientôt quitter la maison mais n'en dis rien à ta mère. Dès que tes parents perdent une bonne ils en font un drame. Je te le dis à toi parce que tu es mon petit ami et que tu auras du chagrin. Je ne veux pas que tu apprennes mon départ par quelqu'un d'autre que moi. Je ne t'oublierai jamais.

Elle ajouta :

– Je vais me marier, comprends-tu. Armand ne veut plus attendre.

Le surlendemain nous nous rendîmes de nouveau au cimetière où le corps de mon père venait d'être inhumé. Nous déposâmes sur sa tombe un bouquet de fleurs tardives du jardin : les dernières roses et des asters d'automne.

Maman m'avait souvent parlé de lui. Il me faudrait longtemps avant d'apprendre et de savoir qui j'avais perdu et qui m'avait manqué.

Quelques jours plus tard, Marguerite et maman descendirent la grande malle du grenier. Maman y rangea nos affaires. Le châtaignier de la terrasse perdait quelques feuilles à peine roussies. Dans le jardin, l'herbe des pelouses restait mouillée tout le jour.

Le 1er octobre, le camion de l'entrepôt de grand-père, tiré par un cheval, s'arrêta sous le châtaignier, devant la porte de la maison. Élisa était partie la veille.

Cyprien aida à soulever la malle et à la placer dans le camion puis il ferma la porte derrière nous.

Entre la petite enfance et la mort de ceux que nous avons aimés s'écoule la vie. Peu de chose en somme.

Je fus alors médecin à Villeroy.

J'avais perdu maman dès la fin de mes études.

Depuis longtemps je ne savais pas ce qu'était devenue Élisa.

Adolescent, il m'était arrivé de la revoir un jour où elle était venue rendre visite à maman à Serrigny où, comme chaque été, nous passions les vacances. Elle avait paru s'intéresser à moi. Elle m'avait même pris le bras lorsque nous l'avions raccompagnée au bas de l'allée, jusqu'à la barrière du jardin.

Très belle, épanouie, inaccessible. J'avais été amoureux d'elle pendant deux ou trois jours.

Depuis, plus rien. Nous ne l'avions jamais revue.

J'eus soixante ans. J'étais toujours médecin à Villeroy.

Un matin à la fin du mois d'août, je fus appelé dans une résidence pour personnes âgées auprès d'une vieille dame qui me dit être veuve. Elle venait de la ville et avait voulu se rapprocher de son village natal, Serrigny.

Elle s'appelait Mme Fromentin et souffrait depuis plusieurs années d'une maladie pulmonaire chronique probablement longtemps méconnue.

Je fus près d'elle à plusieurs reprises. Elle semblait se réjouir de mes visites mais paraissait très gênée lorsque je lui demandais de se dévêtir un peu pour que je puisse l'examiner. Nous touchions alors à l'automne. On se trouvait surpris par la précocité des soirs. La chambre était exiguë pour les quelques meubles, dont le lit, qui y avaient été apportés.

Ma nouvelle patiente était un peu dure d'oreille. Par l'âge peut-être, mais surtout par la toxicité d'un traitement prolongé et maintenant interrompu.

Un matin alors que je me penchais sur elle pour écouter sa poitrine après lui avoir demandé de soulever sa chemise, elle se redressa et s'assit brusquement sur son lit.

– Je devrais me taire, me dit-elle, mais cela devient trop difficile. Ne me regarde pas ainsi, ne me découvre pas aussi vieille. Je suis Élisa.

Ce fut comme un cri. Nous nous regardâmes, sans doute sans nous reconnaître. L'une de ses mains lissait le drap.

Ces retrouvailles appartenaient à l'irréel.

Après quelques jours de distance et d'incertitude les paroles vinrent enfin. Je sus qu'elle ne m'avait pas oublié. Elle n'avait pas non plus quitté tout à fait ma mémoire. J'appris que son mari était mort précocement et qu'elle était restée seule sans enfant. Elle dit aussi qu'il lui était arrivé de me rencontrer lorsque j'étais jeune médecin chez de veilles gens auprès de qui, pour gagner quelque argent, elle assumait des tâches d'aide-ménagère ou de garde-malade.

Ce visage entrevu ne m'avait rien dit. Elle ne s'était pas avancée davantage.

Après plusieurs semaines, je devins à son chevet son petit docteur, plus tard son docteur Ivan; en quelque sorte, me disais-je, l'enfant-médecin. Enfin je fus Ivan tout court et j'acceptai de ne plus l'appeler « madame » mais Élisa.

Entre nous, novembre devint fertile. Nous eûmes des conversations presque tendres, parfois interrompues par sa toux mais peuplées de souvenirs.

Le temps présent disparut entre nous. Elle ne me demanda jamais quelle avait été ma vie. Je ne m'enquis pas vraiment de la sienne.

Sous les atteintes de l'âge, je retrouvais ce regard vert qui m'avait tant séduit dans mon enfance et pour quelques jours dans mon adolescence, maintenant enrichi d'un éclat de petite fièvre. Le chant de la pluie qui tombait sur le parc de la résidence n'était pas différent de celui que nous écoutions s'écouler des feuillages de

Serrigny. Parfois elle me prenait la main et nous entendions dans le silence la rumeur du ruisseau d'autrefois.

Peu à peu Élisa toussa davantage. Il lui venait alors aux lèvres quelque écume rouge. Elle refusait d'être hospitalisée à nouveau et, dans les derniers jours il me sembla qu'elle souhaitait ma présence lors de son passage.

Elle eut un soir à voix très basse, si j'entendis bien, ces mots surprenants et peut être ambigus :

– Personne n'a eu soif de moi comme toi.

Mais ces paroles prononcées à bout de souffle me demeurent incertaines si bien que, en mon grand âge, il m'arrive de me demander si elles furent vraiment dites.

Élisa s'en alla quelques jours plus tard, comme souvent naguère, dans un important crachement de sang. Il se trouva que selon son vœu j'étais là. Morte, son visage était pâle mais rajeuni. Je la reconnus. Il y avait du sang sur les draps du lit.

Je suis maintenant très vieux. Certains s'interrogent. Il y a parfois des conciliabules autour de

75

moi. Devenu un peu sourd, je n'entends pas très bien ce qu'on y dit.

Je suis très entouré par Agnès et nos enfants. J'appartiens à un âge où il est préférable de ne pas parler et d'attendre.

Je ne me suis jamais suffi à moi-même. J'ai toujours eu besoin d'autrui non pas tant en esprit ou paroles qu'en présence charnelle.

Je me souviens. Ma mère, Élisa qui me furent chères et le demeurent ne sont plus, au mieux, que des âmes et l'on me dit que les âmes n'ont plus de seins. Alors je suis en deuil et l'enfant-vieillard ou le vieillard-enfant que je suis devenu ne sait plus très bien ce qui est vrai et ce qui ne l'est pas.

Durant le jour je m'endors parfois dans un fauteuil. Dans mes éveils, assez souvent, mon esprit navigue entre mémoire et imaginaire. Ils se rencontrent et se confondent parfois. Ce sont mes meilleurs moments.

Néanmoins, je reste au fond préoccupé. Il me trotte en tête le fameux quatrain de Laforgue. Vous savez bien :

« Mesdames et messieurs
Vous dont la mère est morte
C'est le bon fossoyeux
Qui gratte à votre porte ».

La présente édition originale
d'*Élisa*
est sortie des presses de l'éditeur
au mois de juillet 2003.

Édition n° 409
Dépôt légal : juillet 2003